roman rouge

D1190418

Dominique et compagnie

Sous la direction de
Agnès Huguet

Gilles Tibo

Choupette et
tantine Tartine

Illustrations
Stéphane Poulin

Catalogage avant publication de Bibliothèque et Archives nationales du Québec et Bibliothèque et Archives Canada

Tibo, Gilles, 1951-
Choupette et tantine Tartine
(Roman rouge ; 52)
Pour enfants de 6 ans et plus.

ISBN 978-2-89512-648-5
I. Poulin, Stéphane. II. Titre.

PS8589.I26C472 2008 jC843'.54 C2007-940904-0
PS9589.I26C472 2008

Dépôts légaux : 1er trimestre 2008
Bibliothèque et Archives nationales du Québec
Bibliothèque nationale du Canada
Bibliothèque nationale de France

ISBN 978-2-89512-648-5
Imprimé au Canada

10 9 8 7 6 5 4 3 2 1

Direction de la collection
et direction artistique :
Agnès Huguet
Conception graphique :
Primeau & Barey
Révision et correction :
Céline Vangheluwe

Dominique et compagnie
300, rue Arran
Saint-Lambert (Québec)
J4R 1K5 Canada
Téléphone : 514 875-0327
Télécopieur : 450 672-5448
Courriel :
dominiqueetcie@editionsheritage.com
Site Internet :
www.dominiqueetcompagnie.com

Nous remercions le Conseil des Arts du Canada de l'aide accordée à notre programme de publication. Nous reconnaissons l'aide financière du gouvernement du Canada par l'entremise du Programme d'aide au développement de l'industrie de l'édition (PADIÉ) pour nos activités d'édition.

Nous reconnaissons l'aide financière du gouvernement du Québec par l'entremise du Programme de crédit d'impôt pour l'édition de livres – SODEC – et du Programme d'aide aux entreprises du livre et de l'édition spécialisée.

Chapitre 1

Les devoirs et les leçons

Moi, je m'appelle Choupette. Mon père s'appelle mon petit papa et ma mère s'appelle ma petite maman. Ce matin, mes parents essaient de m'aider à faire mes devoirs pour lundi. Mais plus le temps passe et moins je comprends. Pourquoi ? Parce que mes parents ne cessent de se chamailler. Mon père lance :

– Moi, j'ai appris les mathématiques en comptant sur mes doigts !

Et ma mère de répliquer :

–Moi, j'ai appris en comptant dans ma tête !

–Oui, mais ma méthode est plus simple !

–Peut-être, mais la mienne est plus rapide !

Et patati et patata. Deux bébés lala !

Pendant que mes parents se disputent, moi, je réfléchis très fort. Je me demande qui pourrait bien m'aider à faire mes devoirs et à apprendre mes leçons. Mes parents sont trop compliqués. Tante Loulou a peur de tout. Oncle Robert perd tout. Tante Dodo court partout. Soudainement, il me vient une bonne idée ! Je pense à ma tantine Francine. Ma tantine Francine, que je surnomme tantine Tartine pour la rime.

Je coupe la parole à mes parents :

— Bon, moi, j'en ai assez ! Je veux voir tantine Tartine !

— Pourquoi ? demande mon père, éberlué.

– Parce qu'elle est enseignante. Et en plus, elle habite juste à côté !

– Bonne idée, répond ma mère. Je l'appelle immédiatement.

Ma petite maman s'empare du téléphone. Elle compose le numéro de tantine Tartine, puis elle me tend le récepteur. J'entends : « Dring ! Dring ! » Tout à coup, la voix de ma tantine répond :

– Oui ! Allô ?

– Bonjour, tantine Tartine ! C'est moi, la Choupette ! Comment ça va ?

– Ça va très bien, ma chouette Choupette ! Je mange des tartines, des clémentines et des mandarines dans ma cuisine en faisant des rimes pour ma chatte Géraldine. Et toi, comment vas-tu ?

– Pas très bien…

J'explique la situation à ma tantine, qui me dit aussitôt :

– Ma chère Choupette ! Viens à la maison ! Avec moi, tu feras d'énormes progrès en mathématiques, en français et en bien d'autres choses…

–J'arrive, tantine Tartine !

Sans perdre une seconde, je lance mes livres et mes cahiers dans mon sac d'école. J'embrasse mes parents, puis je quitte la maison par la porte de derrière. Je me faufile sous la haie de cèdres. Je me relève de l'autre côté, je traverse la cour et je vais rejoindre ma tantine dans sa cuisine. En me voyant, elle s'exclame :

–Bonjour, ma Choupette ! Nous allons commencer tout de suite, mais n'ouvre pas tes cahiers !

Là, je ne comprends plus rien…

Chapitre 2

Mon incroyable tantine

Je laisse tomber mon sac sur le plancher de la cuisine. Tantine se penche vers moi. Elle me demande de lui faire deux bisous. Ensuite, elle me demande quatre autres bisous. Et encore six ! Puis elle veut savoir combien de bisous je lui ai donnés. Je calcule vite dans ma tête :

– Exactement douze !

– Excellent ! Tu es une championne, Choupette.

Tantine Tartine, elle, n'est pas une

championne du rangement. La table
de la cuisine déborde de papiers
et de documents de toutes sortes.
Découragée, ma tantine soupire :

– Choupette, avant de t'aider en
français et en mathématiques, je
dois faire un peu de ménage.

– En effet, tantine !

Puis elle s'exclame comme une
gamine :

– Ah ! zut ! J'ai encore perdu mes
lunettes !

Pendant qu'elle les cherche dans toutes les pièces de la maison, moi, je range les papiers. Je classe les documents. Après ce travail, j'ai un peu mal à la tête. Tantine Tartine me dit :

– Choupette, je n'ai pas retrouvé mes lunettes !

Je fais le tour de la maison et je finis par les dénicher au fond de l'aquarium. Sans même les essuyer, tantine les dépose sur son nez en fredonnant :

– Choupette bien-aimée, pour te remercier, je t'invite à dîner !

– D'accord, tantine Tartine, prépare la cuisine. Moi, je feuillette un magazine en caressant Géraldine !

Tantine cherche quelque chose dans les tiroirs et les armoires de la cuisine. Au bout de quelques minutes, elle ouvre le fourneau, en sort un gros livre de recettes et le pose sous mon nez :

– Choupette, choisis le plat qui te plaît !

J'abandonne le magazine. Je tourne les pages du livre en salivant, mais surtout en lisant les recettes à voix haute. Pendant ce temps, tantine vérifie si elle possède tous les ingrédients nécessaires. Deux cents grammes de farine pour faire des crêpes. Trois cuillerées de raisins secs pour des muffins. Quatre tasses de chocolat fondu… pour une fondue au chocolat.

Durant plus d'une heure, je lis des recettes et je mesure des quantités de ceci et des quantités de cela. Finalement, tantine referme les portes des armoires :

– Choupette, c'est navrant, mais il manque trop d'ingrédients ! Je t'invite au restaurant !

– D'accord ! Allons-y en courant ! J'ai une faim d'éléphant !

Chapitre 3

Le restaurant

Avant de partir pour le restaurant, ma tantine me montre un immense contenant de verre transparent. Il est rempli de pièces de monnaie. Elle me dit :

– Choupette, j'ai encore perdu mes lunettes ! Pendant que je les cherche, peux-tu rassembler la somme de trente dollars et vingt-huit sous ?

– Heu… oui, tantine.

Je finis par amasser la somme de trente dollars et vingt-huit sous. Tantine

Tartine s'approche :

– Bravo, Choupette, tu es super chouette. Mais moi, je n'ai toujours pas retrouvé mes lunettes !

Pendant qu'elle met l'argent dans son porte-monnaie, je pars à la recherche de ses lunettes. Je les trouve dans le grille-pain. Sans prendre le temps d'enlever les miettes, tantine Tartine les glisse dans la poche de

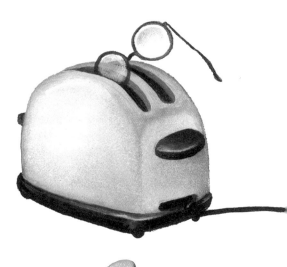

sa chemise. En route pour le restaurant, nous chantons en sautillant sur
le trottoir :

– Un, deux, trois, quatre, cinq, six,
sept, Violette, Violette…

– Un, deux, trois, quatre, cinq, six,
sept, Violette à bicyclette !

Nous arrivons devant un grand restaurant. Tantine veut lire le menu, mais
elle se rend compte qu'elle a perdu ses
lunettes en sautillant. Alors, pendant

qu'elle refait le chemin en sens inverse, je salive devant les photographies affichées dans la vitrine. Tantine revient avec ses lunettes pleines de boue. Pendant qu'elle tente de les nettoyer avec un mouchoir en papier, elle me demande le prix de chaque plat. Ensuite, elle me demande de calculer la différence de prix entre les différents menus proposés. Enfin, après que nous avons

fait notre choix, ma chère tantine me demande de vérifier si nous avons assez d'argent pour payer le tout.

Je calcule rapidement, puis je dis :
– Oui ! Nous avons assez d'argent !

Affamées toutes les deux, nous nous précipitons à l'intérieur du restaurant. Nous commandons notre repas. En attendant que les plats arrivent, ma chère tantine fait tremper ses lunettes dans un verre d'eau. Le serveur pose

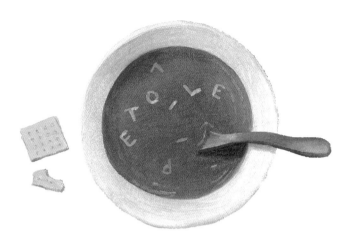

enfin deux bols de soupe devant nous.
Tantine s'écrie :

–Comme c'est merveilleux, mes
pâtes sont en forme de lettres !

–Et les miennes sont en forme de
chiffres !

Nous mangeons notre soupe.
Tantine avale un *vélo,* une *maison,*
une *étoile,* tandis que moi, je dé-
guste un *8,* un *24* et un *32…*

Le serveur nous apporte ensuite nos assiettes de spaghettis. Avec les pâtes entrelacées, nous écrivons sur les napperons : *papa, maman, coucou* et *merci*…

Au dessert, nous écrivons chacune de petits mots sur le glaçage de notre gâteau. Il y a alors un *dé*, un *pou*, un *pin* et un *cou* chocolatés que nous dégustons en riant.

Tantine Tartine demande au serveur de lui donner l'addition. Elle me la tend aussitôt en disant :

—Choupette, mon verre d'eau n'est plus sur la table ! Où sont mes lunettes ? Pourrais-tu vérifier l'addition et calculer le montant du pourboire pour que la somme totale corresponde à trente dollars et vingt-huit sous ?

Tantine discute avec le serveur au sujet du verre d'eau et de ses lunettes. Moi, pendant ce temps, je fais de savants calculs. Je fronce les sourcils et tire la langue car je réfléchis très fort. Puis, HOURRA ! Je m'écrie devant les clients ahuris :

– Si nous donnons quatre dollars et douze sous de pourboire, nous arrivons exactement à la somme de trente dollars et vingt-huit sous !

–Choupette, tu m'impressionnes. Tu es une vraie championne !

Je suis tellement une championne que je fonce dans les cuisines du restaurant. Après trois secondes de recherche, je trouve les fameuses lunettes dans l'eau savonneuse, tout au fond d'un évier.

Chapitre 4
De surprise en surprise

En sortant du restaurant, tantine, les lunettes dégoulinant sur le bout de son nez, lève les yeux au ciel pour s'exclamer :

– Ah ! que j'ai bien mangé !

SPLOUTCH ! Juste à ce moment, une mouette laisse tomber un liquide grisâtre… en plein sur ses lunettes. Tout en essayant de nettoyer ses verres, Tantine m'entraîne dans un magasin rempli de revues qui viennent du monde entier. Et, comme

ses lunettes sont très sales, c'est moi qui lis les gros titres des journaux :

– Une fillette trouve un trésor de dix millions de dollars… Une grand-mère de cent huit ans possède encore toutes ses dents ! Un chien parcourt sept cents kilomètres pour retrouver son maître !

Après avoir lu des dizaines et des dizaines de titres, je n'en peux plus.

Je suis tout étourdie. Tantine et moi sortons du magasin et allons nous reposer dans un parc. Nous nous balançons le plus haut possible en comptant les oiseaux, les papillons, les écureuils. Nous essayons de battre un record de saut en longueur. C'est moi qui gagne par dix centimètres. Nous courons autour d'une fontaine en comptant les tours. Puis nous tournons à reculons en comptant à l'envers. Nous faisons des

culbutes et c'est encore moi qui gagne avec vingt-huit roulades. Ensuite, nous nous reposons dans l'herbe en jouant à un drôle de jeu. Il faut épeler chaque chose que nous voyons. J'aperçois un vélo, alors j'épelle tout haut :

– V… é… l… o…

Tantine regarde un nuage :

– N… u… a… j… e…

– Non, tantine Tartine !

– Oups, excuse-moi : n… u… a… g… e…

– Bravo, tantine !

Après, nous faisons un concours de poésie. Tantine s'exclame :

– *Ce nuage en forme de cœur,*
c'est le cœur du ciel,
le cœur de la terre
et le cœur du monde !

C'est un beau poème, mais il ne rime pas. C'est moi qui gagne le concours avec ceci :

– *Ce nuage tout petit,*
c'est une souris
qui fait hi, hi
sous un lit !

Chapitre 5

Le tour du monde

En admirant un joli cumulus qui ressemble à un panier d'épicerie, tantine s'écrie :

—Oh, ma chérie, je dois faire mes courses !

Nous nous précipitons au marché. Là, en quelques minutes, nous faisons le tour du monde. Nous achetons des bananes qui viennent d'Afrique, des oranges de Californie, des raisins du Mexique, des fromages de France, du jambon d'Italie et même des épices qui viennent de je ne sais où. Tout à coup, je me rends compte que les lunettes de tantine ne sont plus sur son nez, ni dans ses cheveux. Je refais donc le tour du monde à l'envers et je les trouve en plein désert, sous un paquet de dattes.

Tantine me remercie. Elle paie ses provisions avec sa carte de crédit, puis elle demande combien de temps prendra la livraison jusqu'à la maison.

– Une heure, quinze minutes et vingt-
sept secondes, répond le caissier
en regardant sa montre-chronomètre.

– Parfait ! répond tantine.

Nous filons chez le fleuriste. Là, je
dois lire puis épeler le nom de toutes
les fleurs que je vois : des roses, des
chrysanthèmes, des tulipes et des
orchidées. Ensuite, devant les clients
ébahis, tantine se lance dans un grand
discours sur le parfum des fleurs.

Elle se penche. Ses lunettes quittent son nez et tombent dans un immense bouquet de roses.

Et devinez qui doit les récupérer sans se faire piquer par les épines acérées ?

Tantine Tartine me remercie. Les yeux écarquillés, elle regarde sa montre et m'entraîne dehors. En comptant nos pas par groupes de trois, trois... six... neuf... douze...

quinze…, nous revenons chez ma tantine. Nous arrivons exactement quatorze secondes avant le livreur.

Nous rangeons les provisions dans les armoires. Nous mangeons des sandwichs aux tomates, puis nous nous laissons tomber devant la télé. Mais tantine a encore perdu ses lunettes. Je finis par les trouver entre deux tranches de pain.

Une fois les lunettes nettoyées, je n'ai même pas le temps de caresser Géraldine. Ma tantine et moi, nous jouons à un drôle de jeu : nous essayons d'écrire tout ce que nous entendons à la télévision. Je remplis des pages et des pages de dialogues et d'annonces publicitaires.

À neuf heures pile, je tombe de sommeil. Ma tête est remplie de chiffres et de mots. Tantine me raccompagne chez moi. Ensemble, nous passons sous la haie de cèdres. Juste avant de me quitter, elle me réclame trois bisous, puis quatre, puis six, puis dix. Avant qu'elle me pose la question, je lui réponds :

– Je vous ai fait vingt-trois bisous !

Et avant même qu'elle me pose une autre question, j'ajoute :

—Avec ceux que je vous ai donnés ce matin, cela fait, en tout, trente-cinq bisous !

Aussitôt que j'arrive chez moi, ma mère me demande si j'ai bien étudié. Je réponds :

—Non ! Je n'ai même pas ouvert mes cahiers. J'ai fait du rangement. Je suis allée au restaurant. J'ai acheté des aliments.

–Ah bon, répond ma mère, très déçue.

Mon père me demande si, au moins, j'ai fait un peu de mathématiques. Je réponds :

–Non ! J'ai sauté. J'ai joué. J'ai mangé…

–Ah bon, répond mon père, doublement déçu.

Je lance mon sac dans le fond de ma chambre en précisant :

– Je n'ai fait ni devoirs ni leçons, mais, en une seule journée, j'ai appris plus de choses que pendant toute une année !

Je me glisse sous mes couvertures et j'ajoute :

– Si je passe deux semaines avec ma tantine Tartine, je deviendrai si savante que je pourrai enseigner à l'université ! Hé ! Hé !

Puis, je m'endors en songeant que je donne un cours intitulé « Comment retrouver des lunettes égarées ».

Dans la même série

Choupette et maman Lili

Choupette et tante Loulou

Choupette et tante Dodo

Choupette et son
petit papa

Achevé d'imprimer en janvier 2008
sur les presses de Imprimerie L'Empreinte inc.
à Saint-Laurent (Québec) – 72986